MERCENÁRIO$

Volume 03

Claudia Medeiros

MERCENÁRIO$

Créditos

Criação e Roteiro: Fran Briggs

Arte: Anna Giovannini

Edição e Revisão: Rogerio Saladino

Editor-Chefe: Guilherme Dei Svaldi

JAMBÔ
Livros divertidos

Rua Sarmento Leite, 627 • Porto Alegre, RS
CEP 90050-170 • Tel (51) 3391-0289
contato@jamboeditora.com.br • www.jamboeditora.com.br

1ª edição: dezembro de 2018 | ISBN: 978858365098-0

Dados Internacionais de Catalogação na Publicação

B854m Briggs, Fran
v.3 Mercenário$ / Fran Briggs e Anna Giovannini. — Porto Alegre: Jambô, 2018.
96p. il.

1. História em quadrinhos. I. Giovannini, Anna. II. Saladino, Rogerio. III. Título.

CDU 82-91(084.1)

CAPÍTULO 7

Um Bom Motivo e uma Dura Verdade

JÁ O DAVA COMO PERDIDO, TÂNTALO.
SOUBE QUE TEVE UM ATAQUE DE NERVOS APÓS A MORTE DE MEU PAI.
FOLGO EM SABER QUE JÁ RECUPEROU O JUÍZO E A SAÚDE, GENERAL.
MINHAS DESCULPAS, MAJESTADE.
FINALMENTE COMPREENDI QUE TUDO TEM UM PROPÓSITO AOS OLHOS DE ARAWN.
ARAWN? O QUE TEM ELE A VER COM ISSO?
TUDO, MEU SENHOR.
SOMOS INSTRUMENTOS NA MÃO DO GUARDIÃO DAS SOMBRAS, CUMPRIMOS A SUA VONTADE.

É MESMO? DO MODO QUE VEJO, O TRABALHO FOI TODO MEU.
NÃO DEVIA DESDENHAR ASSIM DE ARAWN, MAJESTADE. ELE VEIO A MIM NUM SONHO, NOITES ATRÁS.
QUANTA CORTESIA A DELE DE LHE FAZER UMA VISITA.
SENHOR, POR FAVOR!
ARAWN ME VISITOU PARA NOS ADVERTIR QUE TUDO OCORREU CONFORME A VONTADE DELE.
CURIOSO, POIS NÃO ME RECORDO DE VÊ-LO FAZER ALGO.
ARAWN LHE DEU A VISÃO DO FUTURO, MAJESTADE! ELE MOSTROU QUE AGAMERON NECESSITAVA DE UM REI DE MÃOS DE FERRO E CORAGEM PARA ENFRENTAR OS TEMPOS TURBULENTOS QUE SE APROXIMAM!
PFFFF! SE VOCÊ DIZ.
VIM PEDIR A VOSSA MAJESTADE QUE DÊ AOS SACERDOTES PERMISSÃO PARA REFORMAR O TEMPLO DO GUARDIÃO, COMO DEMONSTRAÇÃO DE GRATIDÃO.

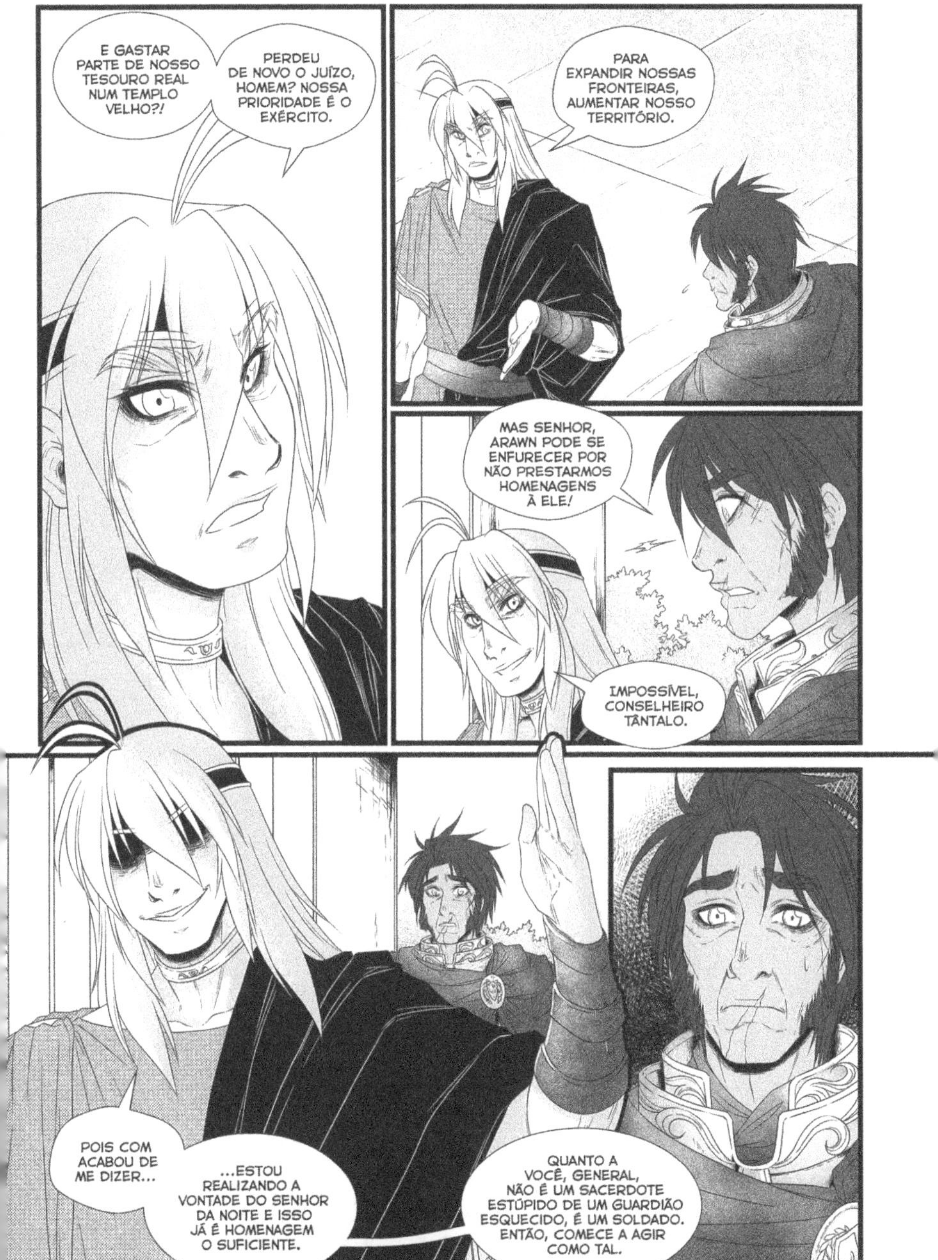
E GASTAR PARTE DE NOSSO TESOURO REAL NUM TEMPLO VELHO?!
PERDEU DE NOVO O JUÍZO, HOMEM? NOSSA PRIORIDADE É O EXÉRCITO.
PARA EXPANDIR NOSSAS FRONTEIRAS, AUMENTAR NOSSO TERRITÓRIO.
MAS SENHOR, ARAWN PODE SE ENFURECER POR NÃO PRESTARMOS HOMENAGENS À ELE!
IMPOSSÍVEL, CONSELHEIRO TÂNTALO.
POIS COM ACABOU DE ME DIZER...
...ESTOU REALIZANDO A VONTADE DO SENHOR DA NOITE E ISSO JÁ É HOMENAGEM O SUFICIENTE.
QUANTO A VOCÊ, GENERAL, NÃO É UM SACERDOTE ESTÚPIDO DE UM GUARDIÃO ESQUECIDO, É UM SOLDADO. ENTÃO, COMECE A AGIR COMO TAL.

MAJESTADE! A RAINHA E O LORDE DAMIEN ACABAM DE REGRESSAR.
BLAM!!!
E ENTÃO, MEU PRIMO?

ME DÊ BOAS NOTICIAS!
ESPERAVA FALAR COM VOCÊ SOMENTE DAQUI A ALGUMAS HORAS.
FOI UMA LONGA VIAGEM.
NÃO ME VENHA COM SUAS LADAINHAS, MEU PRIMO.
PARA MIM SÓ IMPORTA O QUE AQUELE REIZINHO AFEMINADO RESPONDEU A MINHA ORDEM.
JÁ QUE ME PEDE COM TAMANHA *GENTILEZA*...
...POIS BEM.
O REI DE KINGO ACEITOU DEVOLVER AS TERRAS CEDIDAS PELO FALECIDO LANDER, ENTREGUES AO REINO SUL COMO PARTE DO TRATADO DE PAZ.
!

FILHO DE UMA PORCA PUSTULENTA! PEDERASTA DE MERDA! PACIFISTA COVARDE!
MEOOW!!
!?
??
VOCÊ TEM DORMIDO DIREITO?
QUE DORMIR COISA NENHUMA! DEPOIS DESSA NOTÍCIA DESAGRADÁVEL QUE ME TROUXE, SÓ MESMO UMA LONGA NOITE REGADA A VINHO, E ALGUMAS DISPUTAS COM ARMAS BRANCAS, PARA ME ACALMAR.
DE ONDE SAIU ESSE GATO?
QUE GATO, ANDRAS? DO QUE ESTÁ FALANDO AGORA?

DEIXE OS NOSSOS SOLDADOS EM PAZ, ANDRAS. NÃO VÁ FAZER DELES ALVO DE SUAS DISPUTAS FURIOSAS.
DE TODO MODO, FOI APENAS UM GRACEJO DE MINHA PARTE.
QUER DIZER O QUÊ?
QUERO DIZER QUE O REI DE KINGO NÃO VAI ROMPER O TRATADO FEITO POR LANDER. E ALERTOU QUE SE VOCÊ DESEJA TANTO TOMAR DE VOLTA O VALE DE GIA, QUE TENTE.
HAH! SALVE O REI DE KINGO!
VOCÊ TEM NOÇÃO DO QUE É ISSO, ANDRAS? SABE O QUE QUER DIZER?!
CLARO QUE SEI, SEU IMBECIL!
ISSO QUER DIZER GUERRA!

PRECISO ADVERTI-LA DE COMO ESTOU COM PRESSA, MINHA CARA?
NÃO ENCHE O MEU SACO, DOMENIK.
ATCHOO! ATCHOO!
ATCHOO!!
SE NÃO TIVESSE ME NEGADO A SUA MANTA, EU NÃO TAVA TOSSINDO, COM FEBRE, LERDA E RANHENTA ASSIM, CABRA!
SE NÃO TIVESSE SE ARRISCADO POR ESSES ANIMAIS, QUE DIFERENTES DE SUA PESSOA, ESTÃO EM EXCELENTES CONDIÇÕES FÍSICAS, NÃO SE ENCONTRARIA ENFERMA.
TÔ COMEÇANDO A PENSAR AQUI COMIGO QUE ELFOS NÃO SÃO TÃO LEGAIS ASSIM.
NÃO SE PREOCUPE, PRINCESA, SE FIZER O FAVOR DE APERTAR O PASSO, NÃO CONTINUAREMOS JUNTOS POR MUITO MAIS TEMPO.
É, EU SEI.

DOMI, EU PENSEI QUE, BOM...
...
ABAIXE-SE!
...TALVEZ DEPOIS QUE ENCONTRAR MEU PAI EM AGAMERON...
...SERÁ QUE EU POSS--
!
CLANG!
VUP
VUP
VUP

EEEIA, BESTA!
TCHUMK
ESTÃO ATACANDO A GENTE?
QUEM? POR QUÊ?!
CORRA, EU A ALCANÇAREI LOGO!
MAS EU NÃO POSSO DEIXAR VOCÊ SOZINHO!
CORRA!
SLAP!!
PREOCUPADO COM OUTRA COISA ALÉM DO SEU PRÓPRIO RABO, ELFO?

DIGAMOS APENAS QUE NÃO ME AGRADA ARRISCAR MEUS INVESTIMENTOS.
SE JÁ TIVESSE CUMPRIDO O ACORDO DE DAR UM FIM NA GAROTA, ELA NÃO SERIA MAIS UMA PREOCUPAÇÃO!
MAS AGORA VOCÊS DOIS SÃO PREOCUPAÇÕES MINHA, *ELFO.*
TWINK
TCHUNK

THUD!!
SEUS IDIOTAS, ESTÃO FAZENDO O QUÊ PARADOS AI? DESÇAM PARA CONFERIR SE ELE ESTÁ MORTO!
NHÉ-NHÉNHÉ. POR QUÊ NÃO DESCE TU, SE TÁ COM PRESSA?
PORQUE EU PRECISO ACHAR AQUELA GAROTA, IMBECIL! SERIA TUDO MAIS FÁCIL SE ESSE ELFO MALDITO TIVESSE FEITO O TRABALHO DEL--
!
BANG!
ALGUMA COISA ACERTOU A RYANE!
QUE MERDA FOI ESSA?!

ESSA MERDA AQUI, MOÇO.
E É MELHOR VOCÊ E SEUS AMIGOS SE AFASTAREM DO DOMI OU A DONA VAI SE CAGAR MAIS, TE GARANTO.
VOCÊ NÃO FUGIU, DEU A VOLTA COM O CAVALO! DESGRAÇADA!
MAS Ô PRAÍ, O ELFO ARRUMOU UMA CADELA DE GUARDA.
TU TAMBÉM BALANÇA O RABINHO PRA EL--
!
!
BANG!
MAIS ALGUM COMENTÁRIO SOBRE O MEU RABO, CABRA?
FILHA DA P#$@!
CLICK!

LIARGHT!
!
ANORMAL, RÁPID--

PHSSHHT!!
MAS A RYANE ACERTOU VOCÊ! EU VI A FLECHA!
REFERE-SE A ESTA FLECHA?
TCHUNK!!

É UM DEMÔNIO! EU SABIA!
CRACK!
SCHWAF!!

DASH!!
BANG!
CALMINHA AÍ, DONA!
!
!!
PRECISAMOS BATER UM PAPO SOBRE ESSA HISTÓRIA DE VOCÊ TENTAR MATAR A GENTE.

SOLTA A LÍNGUA LOGO, DONA. SEI QUE TÁ GOSTANDO DISSO BEM MENOS DO QUE EU.
ELA NÃO VAI FALAR, PRINCESA. A JOVEM OBEDECE SOMENTE AS ORDENS DE SEU SENHOR.
SÓ EU OBEDEÇO ORDENS? VEM COM ESSA! VOCÊ TAMBÉM FOI BEM OBEDIENTE QUANDO ELES TE MANDARAM DAR UM FIM NO REI LANDER, NÃO FOI, *ELFO*?
O QUÊ?!
AHHH... ELE NÃO TE CONTOU? SEU PAPAI TÁ MORTO, PRINCESINHA!
DOMI?
ORA, MINHA CARÍSSIMA RYANE...

...POR QUÊ NÃO ADOTAR UMA POSTURA MAIS HONESTA EM SUA NARRATIVA?
VAI PRO INFERNO, ELFO!
IGNORAREI SEU COMENTÁRIO SE ME FIZER A GENTILEZA DE DIZER A VERDADE PARA A JOVEM SAVANNA.
!
!
SEU CORPO POSSUI DUZENTOS E SEIS FRÁGEIS OSSOS E, DIFERENTE DE NOSSA QUERIDA SAVANNA, EU GOSTO DESSE TIPO DE JOGO E POSSO JOGA-LO POR HORAS.
ENTÃO, POUPE-SE DE SOFRIMENTO E DIGA-NOS QUEM É O RESPONSÁVEL PELA MORTE DE LANDER.

FOI A RAINHA!
COMO DISSE?
EMÉLIA!
A RAINHA EMÉLIA PLANEJOU A MORTE DE LANDER PARA QUE O PRÍNCIPE ANDRAS SUBISSE AO TRONO, ANTES QUE O REI ANUNCIASSE A SAVANNA COMO SUA HERDEIRA!
E QUEM MATOU O INFELIZ REI LANDER?
SEJA UMA BOA MENINA E CONTE-NOS, RYANE.
NÃO SEI, EU NÃO VI QUEM FOI! EU NÃO ESTAVA LÁ, SEU DESGRAÇADO! O QUE MAIS QUER QUE EU DIGA?!

SEREI GENEROSO E TE DAREI UMA ESCOLHA, RYANE.
PODE VOLTAR PARA AQUELA VIDA MEDÍOCRE DE CORTESÃ REAL, OBEDECENDO AS DEGRADANTES ORDENS PALACIANAS...
...E ENFRENTAR OS TERRÍVEIS CASTIGOS QUE ELES LHE INFRINGIRÃO QUANDO DESCOBRIREM QUE FALHOU EM SUA MISSÃO DE DAR CABO DE NOSSAS VIDAS.
OU PODE APROVEITAR-SE DESSA GRANDE OPORTUNIDADE PARA FINGIR-SE DE MORTA E SE LIBERTAR DAS AMARRAS QUE AGAMERON IMPÔS SOBRE SUA PESSOA DESDE A SUA INFÂNCIA.
DESAPAREÇA, MINHA QUERIDA VÍBORA, PARA QUE EU, OU QUALQUER REI, SEQUER PENSE EM VÊ-LA NOVAMENTE.
DESAPARECER?

EU NÃO ENTENDO, DOMI.
POR QUE A RAINHA DARIA FIM AO PRÓPRIO MARIDO SE O FILHO DELA É O PRIMOGÊNITO, O HERDEIRO DO TRONO POR DIREITO?
NÃO PRECISAMOS MAIS NOS PREOCUPAR COM A CORTESÃ PALACIANA. MAS MUITA COISA A PERTURBA, NÃO?
PELAS LEIS DO CONTINENTE UM FILHO BASTARDO PODE ASSUMIR O TRONO SE ISSO FOR SELADO EM TESTAMENTO PELO REI.
LOGO, LANDER DESERDARIA O IMPULSIVO PRÍNCIPE ANDRAS E COLOCAR VOCÊ, A FILHA BASTARDA, NO LUGAR.
E A RAINHA MANDOU MATAR MEU PAI ANTES QUE ELE FIZESSE ISSO.
ENTÃO, SE MEU PAI TÁ MORTO, QUEM TE ENVIOU PRA CUIDAR DE MIM NÃO FOI ELE, FOI?
FUI ENVIADO POR SEU IRMÃO, ANDRAS, É CLARO. E ELE ESTÁ CHEIO DE PREOCUPAÇÃO COM A SUA PESSOA.
POIS EU AGRADEÇO A PREOCUPAÇÃO DELE, MAS NÃO QUERO SABER DA LOUCURA DA RAINHA. NÃO QUERO SABER MAIS NADA DESSA GENTE TÃO RUIM!

TENHO QUE VOLTAR PRA CASA, PRA NANA.
ELA É O QUE SOBROU DA MINHA FAMÍLIA, E SÓ ISSO ME IMPORTA AGORA.
NÃO SEJA ESTÚPIDA, NÃO PODE VOLTAR ATRÁS.
OBRIGADA, MAS NÃO PEDI A SUA OPINIÃO.
É A MINHA VIDA, E DECIDI QUE NÃO VOU PRA AGAMERON.
ENTENDO, MAS CREIA-ME, POUCO ME IMPORTA A SUA VONTADE. TENHO UMA MISSÃO E SUA VIDA É DEVERAS PRECIOSA. DIFERENTE DA VIDA DE NANA, QUE FOI DESCARTADA.
!?
QUER DIZER O QUÊ? SABE DE MAIS ALGUMA COISA? DESEMBUCHA DE UMA VEZ.
ACREDITA MESMO QUE DEIXARIAM VIVA QUALQUER PESSOA QUE SABE DE SUA ORIGEM REAL? AGAMERON MANDOU ASSASSINOS ATRÁS DE MINHA PESSOA, ACHANDO QUE EU JÁ TERIA DADO UM FIM A VOCÊ. O QUE ESPERA QUE TENHAM FEITO COM A SUA QUERIDA E DESPROTEGIDA NANA?

VOCÊ NÃO PODE TER CERTEZA, VOCÊ NÃO SABE DE TUDO. EU VOU PRA CASA, A NANA PRECISA DE MIM.
NÃO PRECISA FINGIR QUE NÃO ESTÁ COM MEDO.
A VELHA ESTÁ MORTA, ACEITE ISSO E SIGA EM FRENTE.
EU TÔ SEGUINDO, SEGUINDO PRA MINHA CASA. SAI DA MINHA FRENTE OU PASSO POR CIMA DE VOCÊ, ELFO.
NÃO PERMITIREI QUE ARRSIQUE SUA VALIOSA VIDA POR UM CADÁVE--

SOCK

SLAP!
COMO VOCÊ SE ATREVE?!
POR QUÊ NÃO? POUCOS SEGUNDOS ATRÁS PARECEU-ME CAPAZ DE ENFRENTAR A QUALQUER COISA.
É UMA CRIATURA QUE PODE SE DEFENDER PERFEITAMENTE JÁ QUE CARREGA UMA ARMA QUE DISPARA RAJADAS DE ENERGIA E POSSUI UM COMPETENTE GOLPE DE DIREITA.

PRESTE ATENÇÃO, HUMANA ESTÚPIDA, POR ALGUM MOTIVO PARTICULAR PREFIRO BATER-ME CONTIGO POR TODA A TARDE A PERMITIR QUE ARRISQUE A VIDA POR UMA MOTIVAÇÃO VAZIA, INUTIL.
ENCARE A REALIDADE, SUA PESSOA NÃO PÔDE PROTEGER NANA E TAMPOUCO PROTEGERIA A SI MESMA. ÉS UMA CRIANÇA FRACA, COM FAGULHAS DE UM PODER AMALDIÇOADO, APRENDENDO MIGALHAS SOBRE O MUNDO QUE TE IGNORA. ENTÃO, FAÇA UM FAVOR A SI MESMA E CONTINUE AÍ ONDE ESTÁ, NO CHÃO.
EU VOU VARRER ESSE CHÃO COM A SUA CARA, ELFO!

COMO PÔDE, ANDRAS?
MANDAR WINDSLASHER ATRÁS DE SUA INFELIZ IRMÃ PARA DAR UM FIM A ELA FOI CRUEL!
TÃO CRUEL QUANTO O QUE FEZ, MÃE? ARTICULAR A MORTE DE SEU AMADO MARIDO E REI? A PENA PARA ESSA TRAIÇÃO É A MORTE.
VOCÊ SABE QUE CONTEI COM O APOIO DA ASSEMBLÉIA E FOI TUDO POR SUA SEGURANÇA! POR SUA VIDA!
NÃO SEI DE NADA, A ASSEMBLÉIA NÃO SABE DE NADA. E É ISSO O QUE DIREI A QUALQUER UM.
POR ARAWN! O QUE EU FIZ? O QUE FOI QUE NÓS FIZEMOS, ANDRAS?!
NÃO SE ESQUEÇA, MINHA MÃE, A SENHORA FEZ. ALIÁS, FAÇA-ME AINDA OUTRO GRANDE FAVOR...
...E NÃO SE METE NOS MEUS ASSUNTOS COM MINHA ESTIMADA IRMÃ CAÇULA, MESMO PORQUE, A ESSA ALTURA, A BASTARDAZINHA E O TAL ELFO ESTÃO ADUBANDO AS TERRAS DO CONTINENTE COM SUAS PRÓPRIAS VÍSCERAS.
CONTINUA...

CAPÍTULO 8

A Maldição do Elfo, o Ladino e a Pistoleira

A GENTE NÃO DEVIA TER FEITO ISSO, DOMI. PASSAMOS DO LIMITE.
DE MINHA PARTE ACHEI DEVERAS DIVERTIDO.
SOCAR PESSOAS NÃO É MINHA IDEIA DE DIVERSÃO, MAS PELO MENOS A RAIVA PASSOU.
É SEMPRE AGRADÁVEL VER TAMANHA IMPETUOSIDADE EM UMA HUMANA TÃO JOVEM.
APÓS DAR VASÃO A TODA SUA AGRESSIVIDADE, DECIDIU O QUE PRETENDE FAZER?

PRECISO TOMAR UMA DECISÃO, NÉ? E AINDA TEM ESSE IRMÃO QUE TE MANDOU CUIDAR DE MIM.
NUNCA IMAGINEI TER UM IRMÃO, PARECE TÃO IRREAL.
ANDRAS É ABSURDAMENTE REAL, CREIA-ME.
PODE SER LOUCURA IR PRA UM LUGAR ONDE PLANEJARAM A MORTE DO MEU PAI.
O QUE FARÁ DE SUA VIDA APÓS NOS SEPARARMOS SERÁ UM ASSUNTO SEU. DE MINHA PARTE DEVO CUMPRIR MINHA MISSÃO...
...RECEBI ORDENS DE SEU IRMÃO PARA CUIDAR DE SUA PESSOA E SEGUIREMOS NOSSO CAMINHO ATÉ AGAMERON. AFINAL, COSTUMO CUMPRIR MINHA PALAVRA.
TANTO MAIS QUANDO TENTAM TIRAR MINHA VIDA POR CAUSA DISSO.

TEM RAZÃO, PRECISO MESMO IR ATÉ AGAMERON.
ASSIM SEJA. SEGUIREMOS DAQUI ATÉ O VILA DOS MERCADORES...
...DE ONDE PAGAREMOS POR UM MEIO DE TRANSPORTE MAIS ÁGIL ATÉ O REINO LESTE.
QUERO OLHAR NOS OLHOS DA MULHER QUE MANDOU DAR FIM EM MIM E NO PRÓPRIO MARIDO. E DESCOBRIR SE MEU IRMÃO NÃO CORRE O MESMO PERIGO.
PERDOE-ME A OBSERVAÇÃO, MAS NÃO ME PARECE TÃO ABATIDA PELA MORTE DE SEU PAI.
COMO JÁ TE DISSE, MAL ME LEMBRO DELE. TENHO PENA PELA MORTE TRAIÇOEIRA QUE TEVE, É CLARO.
MAS MINHA RAIVA POR MATAREM A NANA É BEM MAIOR QUE A PIEDADE QUE DEVIA SENTIR POR UM PAI QUE MAL CONHECI.

É O CORAÇÃO COMERCIAL DOS TERRITÓRIOS LIVRES.
LÁ SE REÚNEM AQUELES OS QUAIS VOCÊS HUMANOS JULGAM COMO GRANDES MERCADORES, NEGOCIANDO DIVERSOS OBJETOS, DE ORDINÁRIOS A EXÓTICOS.
DOMI, COMO É ESSE VALE DOS MERCADORES? FUI ATÉ LÁ UMA VEZ COM A MINHA MÃE,QUANDO EU ERA BEM PEQUENA.
MAS NÃO LEMBRO NADINHA DE COMO ERA.
TODO O VALE, ASSIM COMO BRISAL, A CAPITAL DOS TERRITÓRIOS LIVRES, SÃO MANTIDOS POR UM CONSELHO LOCAL.
E SEUS HABITANTES VIVEM DE MODO INDEPENDENTE DOS GRANDES REINOS DE PSYKHÉ.
APÓS A BATALHA DA FRONTEIRA NORTE, SÉCULOS ATRÁS, NÃO HOUVE MAIS INTERESSE DE QUALQUER REGENTE EM SE APODERAR DE TAIS TERRAS.
ENTÃO, OS HABITANTES DESSA PRÓSPERA CIDADE GOZAM DA ILUSÃO QUE CHAMAM DE PAZ.

ISSO AQUI É O INFERNO!
FOI PRA ISSO QUE ME FEZ ABONDONAR O CIRCO, SEU MERDINHA?!
ARRÊ ÉGUA!
POCÓÓÓ!
POIS EU DEVIA TER MANDADO TU EMBORA COM ELES NA SEMANA PASSADA, PRAGA RUIM! NADA É SUFICIENTE PRA VOCÊ, SANGUESSUGA!
CLANG!!
DOBRA A LINGUA PRA FALAR DE MIM, TAMPINHA!

VÊ SE NÃO ME IRRITA NÃO, NEO MAXWELL! SABE MUITO BEM QUE NÃO PODE ABUSAR DA MINHA PACIÊNCIA, TÔ DOENTE!
ISSO NÃO É DOENÇA COISA NENHUMA, SUA SAFADA! TÁ USANDO DESCULPA FIADA PRA ABUSAR DE MIM! NADA DO QUE FAÇO TÁ BOM PRA VOCÊ!?
NÃO, NÃO TÁ! E SE QUISER ME VER FELIZ E SAUDÁVEL É BOM SE ESFORÇAR BEM MAIS! TUDO O QUE CONSEGUIU FOI PAGAR ESSE BARRACO E COMPRAR MEIA DÚZIA DE GALINHAS! EU NÃO SEI CUIDAR DE GALINHA!
POW POW POW!!
COMO NÃO? VOCÊS FALAM A MESMA LINGUA.
VWWWNNH!!
HEHEHE! VALEU A PENA!
E TU FALA A LÍNGUA DOS JUMENTOS! DESGRAÇA!

TUP
TUP
Ô MULHER COM FOGO NAS VENTAS, ARRE! MAIS RUIM QUE CHÁ DE BOLDO!
THUMP!
OPA, DESCULPA MOÇO.
NÃO FOI NADA, MOLEQUE. TOMA AQUI!
BRIGADO, TIO!
BOM, É MELHOR EU VOLTAR PRO TRABALHO OU VOU TER QUE DORMIR COM AS GALINHAS.

UAI, QUE ISSO ASSIM?
TÃO DISTRIBUINDO BUFUNFA? TAMBÉM QUERO.
OPA! SAI DA FRENTE, TÔ PASSANDO. SOU COMPACTO, SÓ PRECISO DE UM ESPACINHO.
DÁ LICENÇA, POVO! CARA FEIA PRA MIM É FOME, BARBUDO.
OLHA O PÉZÃO AÍ, DONA. DUVIDO QUE ISSO AÍ SEJA TRINTA E CINCO, HEIN?
!
BELENUS TENHA PIEDADE DE NÓS! ISSO É UM PÉSSIMO SINAL!
....
O QUE ELE TÁ FAZENDO AQUI?
CADÊ A GUARDA? VÃO DEIXAR ELE ENTRAR?!

DOMI, O QUE ESSA GENTE TÁ OLHANDO?
A MIM.

BELENUS NOS AJUDE! UM ELFO É UM PÉSSIMO AGOURO!

ELFO DÁ AZAR?
CRENDICES PUERIS DE HUMANOS MEDÍOCRES. OBSERVE.

VWOOP!
!
!
!
?
!
!
EU? QUÊ?
BELENUS TE PROTEJA, MOÇO!
O ELFO LANÇOU OLHAR SOBRE VOCÊ! TÁ AMALDIÇOADO, POBREZINHO!
?
?
NÃO ENCOSTA NELE, MEU FILHO! A MALDIÇÃO PODE PASSAR PRA VOCÊ!
O MOLEQUE FOI AMALDIÇOADO POR UM ELFO!

ELES ACHAM QUE VOCÊ PODE AMALDIÇOAR ALGUÉM SÓ OLHANDO PRA PESSOA? *HAHAHAHA!*
?
VOCÊ NÃO PODE, PODE?
GAROTO É MELHOR SE CUIDAR, O ELFO DESEJA A SUA ALMA! VOCÊ TÁ COM AZAR!
COM AZAR?
VEREMOS, MINHA CARA, VEREMOS.
DEPOIS DE VER UM BRILHO NA CINTURA DA MOÇA LÁ, EU TÔ É COM SORTE, MINHA TIA!
?

~ SILÊNCIO ~
DIGO MAIS, LASCOU-SE.
DANOU-SE.

NÃO GOSTO DE CONFUSÃO NA MINHA TAVERNA, ORELHUDO!
NÃO TRAGO COMIGO NADA ALÉM DE MEU CARISMA E A HONRA DE MINHA PRESENÇA, BELA DAMA.
?
SEI.
EU JÁ CAÍ NESSE SEU PAPO ANTES, WINDSLASHER. E AS MINHAS ATENDENTES TAMBÉM.
ACABOU O SHOW, POVO BESTA! O ELFO É FREGUÊS ANTIGO DA CASA E A DOMADORA RECEBE BEM QUALQUER VISITANTE.
MENINAS, DEIXEM QUE EU MESMA SIRVO O NOSSO ILUSTRE HÓSPEDE.

QUE VENTOS AGOURENTOS TE TRAZEM AQUI, WINDSLASHER?
QUE DURAS PALAVRAS PARA UM CLIENTE TÃO ESPORÁDICO, QUERIDA RAGANI.
FOI MAL, ELFO, MAS AS COISAS NÃO ANDAM MUITO CALMAS.
E QUANDO FOI DIFERENTE? O VALE É PALCO DE HISTÓRIAS SIMULADAMENTE FANTÁSTICAS.
NÃO DESSA VEZ.
TEM LADRÃO NOVO NA PRAÇA, UM TAL MAXIMUS MAGNUS MAGNANINUS SUPREMOS ABSOLUTUS QUE TÁ INCOMODANDO BASTANTE OS COMERCIANTES.
AH, SE SEUS ATRIBUTOS FOREM TÃO GRANDIOSOS QUANTO SUA ALCUNHA...
E SÃO! A GUARDA TÁ TÃO PREOCUPADA QUE OFERECEU UMA RECOMPENSA GORDA POR QUALQUER INFORMAÇÃO.

MAS ISSO NÃO DEVE TE INTERESSAR, NÉ? PARECE QUE TÁ NO MEIO DE ALGUMA COISA. UMA MISSÃO?
DE TODO MODO, É MESMO UMA BELA MENINA, WINDSLASHER. VÊ SE CUIDA BEM DELA.
CERTAMENTE! FUI MUITO BEM REMUNERADO PARA CUIDAR DA PRECIOSA JOVEM, TÃO VALIOSA QUE OUSARAM ATENTAR CONTRA A MINHA VIDA DURANTE NOSSA VIAGEM ATÉ AQUI.
HAHAHA! ENCONTROU COM ALGUNS AMIGOS?
SÓ QUEM TE CONHECE BEM QUER TE MATAR, ELFO!
SUAS DOCES PALAVRAS SÃO SEMPRE UM ACALENTO PARA A MINHA VAIDADE, ESPIRITUOSA RAGANI.

SENHOR DA NOITE E DE SUAS CRIATURAS...
...EU PEÇO O SEU PERDÃO.
POR FAVOR, PROTEJA A MENINA DA FÚRIA DE MEU FILHO.
CUIDE PARA QUE ANDRAS NÃO COMETA MAL ALGUM A QUEM QUER SE SEJA, ARAWN!

PROTEJA ESSA JOVEM DO ÓDIO DAQUELE A QUEM EU AJUDEI A TORNAR-SE REI DE UMA NAÇÃO DE INOCENTES.
NÃO SE TORTURE COM A CULPA, MINHA SENHORA.
VOSSA MAJESTADE CUMPRIU SOMENTE SUA OBRIGAÇÃO COMO RAINHA, COMO MÃE E COMO FILHA DE ARAWN.
VOCÊ NÃO COMPREENDE MEU FIEL TÂNTALO.
ANDRAS ESTÁ PERDENDO O JUÍZO, O PODER O ESTÁ CEGANDO! ORDENOU QUE O ELFO MATASSE A IRMÃ, UMA MENINA INOCENTE CUJO O ÚNICO CRIME FOI TER NASCIDO FILHA DE LANDER.

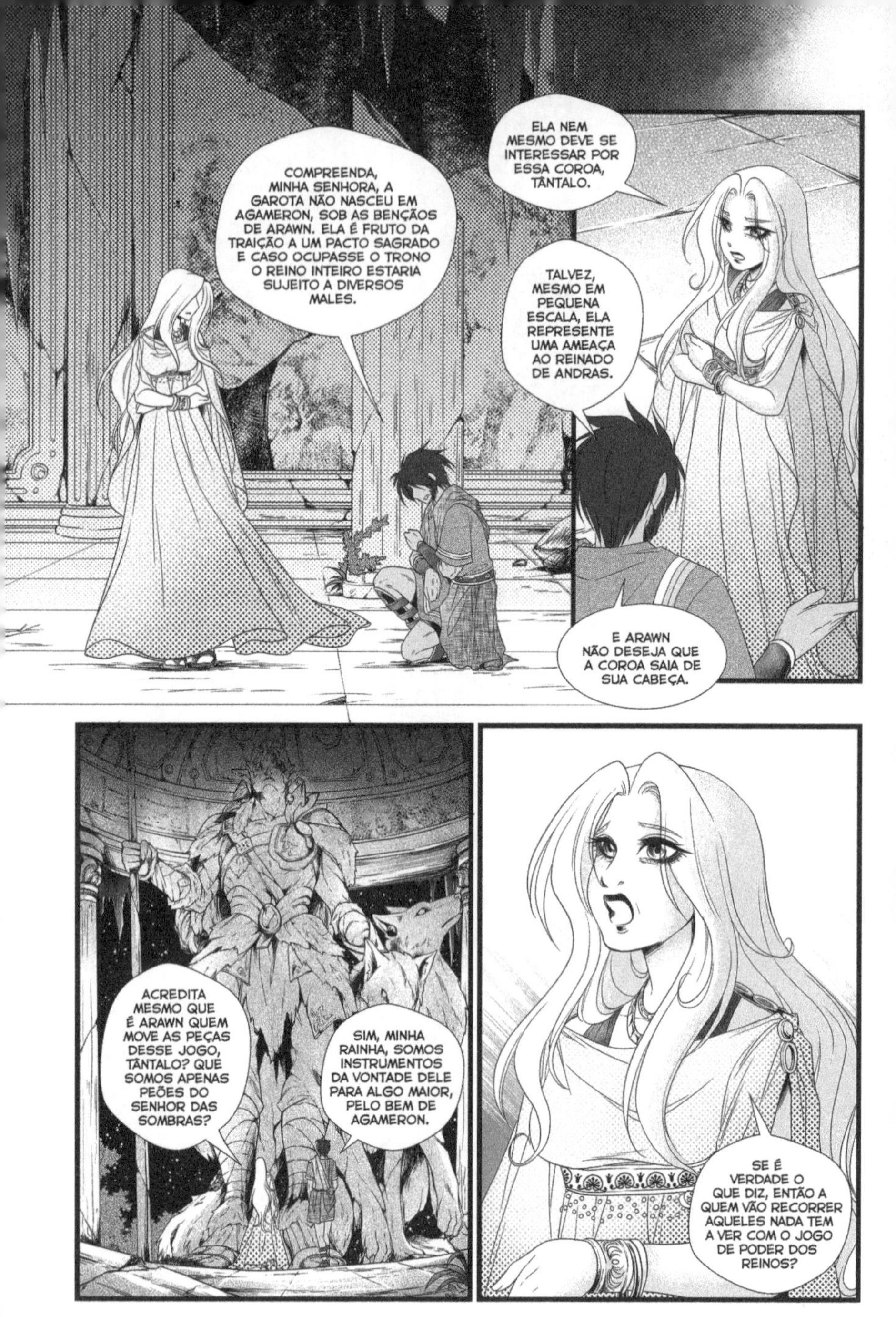
COMPREENDA, MINHA SENHORA, A GAROTA NÃO NASCEU EM AGAMERON, SOB AS BENÇÃOS DE ARAWN. ELA É FRUTO DA TRAIÇÃO A UM PACTO SAGRADO E CASO OCUPASSE O TRONO O REINO INTEIRO ESTARIA SUJEITO A DIVERSOS MALES.
ELA NEM MESMO DEVE SE INTERESSAR POR ESSA COROA, TÂNTALO.
TALVEZ, MESMO EM PEQUENA ESCALA, ELA REPRESENTE UMA AMEAÇA AO REINADO DE ANDRAS.
E ARAWN NÃO DESEJA QUE A COROA SAIA DE SUA CABEÇA.
ACREDITA MESMO QUE É ARAWN QUEM MOVE AS PEÇAS DESSE JOGO, TÂNTALO? QUE SOMOS APENAS PEÕES DO SENHOR DAS SOMBRAS?
SIM, MINHA RAINHA, SOMOS INSTRUMENTOS DA VONTADE DELE PARA ALGO MAIOR, PELO BEM DE AGAMERON.
SE É VERDADE O QUE DIZ, ENTÃO A QUEM VÃO RECORRER AQUELES NADA TEM A VER COM O JOGO DE PODER DOS REINOS?

TAVERNA
A DOMADORA
123
MOÇA, DESCULPA, MAS O SENHOR WINDSLASHER DEIXOU ORDENS PRA NÃO DEIXAR A SENHORITA SAIR DESSA QUARTO.
PRIMEIRO, MEU NOME É SAVANNA. SEGUNDO, EU NÃO SOU PROPRIEDADE DO ELFO PRA ELE MANDAR OU DESMANDAR.
E TERCEIRO, EU ENTENDI O SEU LADO, MAS MINHA AMIGA AQUI NÃO ESCUTOU MUITO BEM. QUER REPETIR OU SAIR DA FRENTE?
SENHOR WINDSLASHER, ELA SAIU DO QUARTO E DA TAVERNA!

AUDÁCIA ME TRATAR COMO MISSÃO. ENTÃO, ELE NÃO QUERIA QUE EU VOLTASSE PRA MINHA CASA PORQUE SOU UM INVESTIMENTO, É ÓBVIO. QUER DIZER QUE EU SOU SÓ UM TRABALHO.
ME ACHA TÃO PRECIOSA QUE ME TRANCA NO QUARTO E SE DIVERTE POR AÍ. POIS SE ELE NÃO VAI ME MOSTRAR O VALE, EU SAIO SOZINHA.
?

BOA NOITE, MOÇA BONITA!
SEGUINTE, CÊ TEM UMA COISINHA QUE EU TÔ DOIDO PRA BOTAR A MÃO. QUER ADIANTAR PRO MEU LADO E ABRI--
BANG!!
!!
VWWWNNN...

TÔ MAIS IRRITADA QUE BOI CAPADO, PIRRALHO. PÉSSIMA HORA PRA FICAR DE GRACINHA COMIGO.
ENTÃO, SEU TARADO ANÃO, VAI CAÇAR ALGUÉM DO SEU TAMANHO.
TSSSS...
MAS QUEM FALOU QUE QUERO TE AGARRAR, MULHER?! EU QUERO ESSA COISA PRATEADA AÍ QUE TU TÁ SEGURANDO E QUE DEVE VALER UMA NOTA PRETA!
SOU UM LADRÃO HONESTO! SÓ QUERO AGARRAR ESSA PARADA AÍ!
ISSO? AH, ISSO É SÓ A MINHA PISTOLA.
ERA SUA, DONA!
PASSA PRA CÁ E NINGUÉM SE MACHUCA.
VIUP
TCHACK

AH É?
VEM BUSCAR,
PIVETE!
SWISH!!
BANG!
SLASH!
EITA
CACETA!
CUSPIU
DE NOVO
A PARADA!
ZWWWNN...!
TCHOUF!!

...
SÓ LAMENTO, MOÇA BRAVA, MAS MAXIMUS MAGNUS MAGNANIMUS SUPREMUS ABSOLUTUS NÃO POUPA NEM CRIANÇAS NEM MULHERE--
SHWOOP!!
CLICK!!
E AÍ, MOÇO PEQUENO DE NOME GRANDE, MAIS ALGUM TRUQUE?
CONTINUA...

CAPÍTULO 9

Um Ladino Amaldiçoado e um Acordo de Mútuo Benefício

OLHA SÓ, NÃO TO A FIM DE CONFUSÃO, ENTÃO SE VOCÊ PROMETER QUE VAI PRA CASA...
...CONTAR PROS SEUS PAIS ESSA MOLECAGEM, TE LIBERO SEM ABRIR UM FURO NA SUA--
GRAB!
THWOMP!
!
TE CONHEÇO? ENTÃO NÃO VEM PAGAR SERMÃO NÃO, MAGRELA!

POW!
FOI MAL, MOÇA! NA REAL EU ACHO MÓ VACILO BATER EM MULHER.
THUMP!
MAS SERIA VACILO MAIOR SER PRESO LOGO AGORA. E A SENHORA TEM O DOBRO DO MEU TAMANHO, ENTÃO, SÓ PRA GARANTIR...
...MELHOR TE APAGAR LOGO DO QUE TU ME DAR MAIS TRABALHO.

ORA, ORA, NOTO QUE É RIVAL A ALTURA CONTRA UMA JOVEM DAMA.
VEJAMOS COMO SE SAI CONTRA UM GUERREIRO DE VERDADE, HUMANO FRANZIN--
SHWISH!!

TÁ BEGE, FADINHA DA FLORESTA?
FALA MENOS E FAZ MAIS DA PRÓXIMA VEZ, ORELHUDO!

ÓTIMO, MAX. PARABÉNS!
NEM SINAL DO GRANDÃO BIZARRO.
TU CONSEGUIU PASSAR A PERNA NO PRIMEIRO ELFO QUE VIU NA VIDA!
PENA QUE NÃO PEGUEI A ESPADA DELE, MAS APOSTO QUE ESSA COISINHA AQUI VAI RENDER UM BOM TROCO!

SLIIIIP
COMO?
COMO?!
ISCA
VIVA.
VUISHH

PLINT
PLINT
MAS QUE CACETE?!
VAPT
SAI DE MIM, DEMÔNIO!

GRAB!!
SLASH!

VUPT
VUPT
VUPT
É A PARADA DA MAGRELA QUE TU QUER DE VOLTA, DIABO?
ENTÃO TOMA!
!

DIMINUTO HUMANO, TIRE-ME UMA DÚVIDA A RESPEITO DA SITUAÇÃO EM QUE SE ENCONTRA. EXISTE ALGUM BOM MOTIVO PARA POUPÁ-LO...
GRAB!!
!
...OU DEVO APENAS GARANTIR QUE SUA ÚLTIMA NOITE SEJA DEVERAS DIVERTIDA *PARA MIM*.

HMMM...
NUMA PRÓXIMA VEZ QUE TOMAR A ESTÚPIDA DECISÃO DE AVENTURAR-SE POR UMA CIDADE DESCONHECIDA...
...DÊ-SE AO MENOS O TRABALHO DE APRENDER A MANUSEAR CORRETAMENTE SUA ARMA, MINHA CARA.
PERA LÁ QUE EU SEI ATIRAR MUITO BEM, SIM SENHOR! CÊ JÁ ME VIU ATIRANDO, DOMI.
SÓ QUE O PIVETE ERA MAIS RÁPIDO QUE ESTOURO DE BOIADA!

QUE ISSO, WINDSLASHER, QUE CHANCE A MENINA TINHA CONTRA O GRANDE MAXIMUS MAGNUS MAGNANIMUS SUPREMUS ABSOLUTUS? O FAMOSO LADINO QUE NEM A GUARDA CONSEGUIU COLOCAR AS MÃOS?
VALEU PELO APOIO MORAL...
PERAÍ, ERA ESSE CABRA? COMO VOCÊ SABE DISSO?
SIMPLES, ELE MESMO CONTOU PRO DOMI.
DEPOIS DO ELFO PEDIR COM *DELICADEZA*.

MAS ENTÃO ESSE TAL MAXIMUS É SÓ UMA CRIANÇA.
ESSA *CRIANÇA* DEIXOU-A DESACORDADA POR UM TEMPO CONSIDERÁVEL. E SE NÃO HOUVESSE UMA POLPUDA RECOMPENSA PELA CABEÇA DO LADINO DE NOME POMPOSO, NÃO RESTARIA MUITO DELE PARA QUE SENTISSE PENA.
NÃO É QUASE NADA, ELFO.
MAL DÁ PRA PAGAR UMA RODADA DE SATÃ-KOLA.

TALVEZ, SE ESPERAR MAIS UM POUCO, O VALOR DA RECOMPENSA DOBRE, ELFO.
ACASO PRETENDE AJUDAR O PATÉTICO GATUNO A SAIR IMPUNE DESSE FIASCO EM FORMA DE FURTO?
DE JEITO NENHUM, SÓ TÔ IMAGINANDO O POTENCIAL DE UM LADRÃO QUE JÁ FOI ARTISTA DE CIRCO.
DEVERAS?
POIS ENTÃO, FALE-ME MAIS A ESSE RESPEITO, QUERIDA RAGANI.

BLAM!
E AÍ, SEU INÚTIL? JÁ QUE PASSOU A NOITE TODA FORA, ESPERO QUE TENHA ARRUMADO UM BOM PUNHADO DE ANÉIS DE OURO.
O SALDO TÁ NEGATIVO, MULHER, DOIS DENTES A MENOS.
BELENUS PROTEJA MEUS OLHOS! CÊ TÁ HORRÍVEL!
E TU CONTINUA DELICADA FEITO COICE DE MULA.

NÃO ME DIZ QUE CÊ VOLTOU PRA CASA NESSE ESTADO E SEM DINHEIRO, NEO MAXWELL.
SHHH! CALA ESSA BOCA E VEM COMIGO.
TU AINDA SABE FAZER AQUELAS MAQUIAGENS DE CIRCO, NÉ?
IHHH, MAQUIAGEM DÁ JEITO NESSE ESTRAGO NÃO, MOLEQUE.
NÃO É PRA MIM, SUA ANTA.
É PRA ELES.

ENTÃO VOCÊS DOIS TRABALHAVAM NO CIRCO? DESDE PEQUENOS?
UHUM. CONHECI O MAX QUANDO ERA AINDA MENOR, UM PIRRALHO ACROBATA E ATIRADOR DE FACAS. EU MAQUIAVA OS PALHAÇOS E ÀS VEZES FAZIA ALGUNS SERVICINHOS POR FORA.
ESSES SERVICINHOS PAGAVAM BEM MAIS QUE O CIRCO, DAVA ATÉ PRA COMER CARNE TRÊS VEZES POR SEMANA.
DO TIPO QUE FAZ PAPAI GEMER SEM SENTIR DOR, FOFINHA.
SERVICINHOS? QUE TIPO DE SERVICINHOS?
AH, UHUM. ENTENDI.
E AGORA QUE DEIXARAM O CIRCO O MAX TEVE QUE ARRUMAR OUTRA PROFISSÃO.
ROUBAR NÃO É BEM UMA PROFISSÃO, TU SABE, NÉ?
MAS NÃO SOMOS ORGULHOSOS, A GENTE SE VIRA COMO DÁ E AGORA QUE TÔ GRÁVIDA O BAIXINHO NÃO QUER ME DEIXAR FAZER OS SERVINHOS EXTRAS. NÃO QUE ELE POSSA MANDAR EM MI--
VOCÊ TÁ GRÁVIDA?!

PRONTINHO, BONITÃO. FIZ O QUE ME PEDIU, ESPERO QUE SEJA DO SEU AGRADO.
SATISFATÓRIO, MAS CREIO QUE NOSSOS OLHEIROS NÃO SERÃO DEMASIADOS EXIGENTES.
POSSO SABER AGORA PRA QUÊ ISSO, DOMI?
PARA GARANTIR NOSSA ENTRADA NO PALÁCIO DE AGAMERON, MINHA CARA.
CÊS TÃO INDO PRA AGAMERON? AQUELE LUGAR NÃO PRESTA NÃO!
POR QUÊ O SÚBITO INTERESSE, LADINO?

SAI FORA QUE NÃO TENHO INTERESSE NENHUM, NÃO. É SÓ QUE TÁ TODO MUNDO FALANDO QUE VAI DAR UMA GUERRA AÍ ENTRE KINGO E AGAMERON.
QUER ME FAZER CRER QUE SE PREOCUPA COM NOSSO BEM ESTAR?
NOS TEUS SONHOS, CARA PÁLIDA. QUER SABER? FAZ O QUE TU QUISER, NA REAL SAIO NA VANTAGEM SE TU BATER AS BOTAS. E TOMARA QUE SEJA UMA MORTE HORRÍVEL.
NÃO TENHO DUVIDAS DE QUE LHE SERIA VANTAJOSO SE MINHA PESSOA NÃO SOBREVIVESSE A TAL JORNADA.
POIS NÃO REGRESSARIA PARA COBRAR A DÍVIDA DE GRATIDÃO QUE TEM PARA COMIGO POR NÃO TÊ-LO ENTREGADO A GUARDA, CORRETO?
MORRE, DIABO.
BASTA DE PERDER MEU TEMPO COM TAMANHA INSIGNIFICÂNCIA.
VAMOS, MINHA CARA SAVANNA, NO QUE DIZ RESPEITO A SUA PESSOA, AMANHÃ, AO AMANHECER, DESEJO DAR POR ENCERRADA A MINHA MISSÃO.
ESPERA SÓ UM POUCO, DOMI.

AH, MAX...
QUIÉ? JÁ PEDI DESCULPA, NÃO PEDI?
O ELFO JÁ NÃO CONSEGUIU O QUE CÊS QUERIAM?
SE EU SOUBESSE DE TUDO EU NÃO TERIA REVIDADO.
TSC!
NÃO VOU FICAR COM A SUA ARMA, MOÇA. NÃO DEPOIS DE TOMAR UMA SOVA E TER QUE CONFESSAR QUEM SOU.
MAS QUERO QUE FIQUE COM ELA, MAX, COMO PEDIDO DE DESCULPAS.
?
MAS HEIN?!
PODE VENDER, SE QUISER, VOCÊ E A PAULINA PRECISAM DE DINHEIRO. OU, SE PREFERIR, VOCÊ PODE PENHORAR. QUEM SABE UM DIA EU ATÉ COMPRE DE VOLTA? NÃO É COMO SE ALGUÉM SOUBESSE USAR ISSO, NÉ?
E DEPOIS, NÃO ACHO QUE SERIA DE BOM TOM EU APARECER ARMADA, NAQUELE REINO CHEIO DE FRESCURA.

SUA PESSOA ME SURPREENDE, MINHA CARA. DESFEZ-SE DE UMA LEMBRANÇA DE SUA MÃE, SOMENTE PARA AJUDAR AQUELE QUE TENTOU ROUBÁ-LA DE TI.
SURPREENDE PORQUE CÊ NÃO ME CONHECE, DOMI. AQUILO NÃO É UMA LEMBRANÇA DA MINHA MÃE, É SÓ UMA ARMA.
E O MEU DOM, MALDIÇÃO, NUNCA DEPENDEU DA PISTOLA. CONTINUO MARCADA COM OU SEM ELA.
E DEPOIS, AJUDAR QUEM PRECISA É UMA DAS MELHORES LEMBRANÇAS QUE GUARDO DA MINHA MÃE.
ACREDITA QUE NÃO NECESSITARÁ DE AJUDA PARA SE PROTEGER NO REINO LESTE, SEU FUTURO NOVO LAR? AO MENOS OUSA IMAGINAR O QUE LHE AGUARDA EM AGAMERON?
E QUE DIFERENÇA ISSO FAZ PRA VOCÊ?
TEM QUE TERMINAR SUA MISSÃO, NÃO É? NÃO ABRIRIA MÃO DO SEU TRABALHO PRA ME LEVAR CONTIGO PRA CONHECER ESSE MUNDO TODO, ABRIRIA?
PRINCESA, NÃO COSTUMO ABRIR MÃO DE NADA.

CÊ VAI CUIDAR BEM DELE, RAGANI?
PROMETO UM PUNHADO DE FENO SEQUINHO E MAÇÃ MADURA TODO DIA, MOÇA.
HOMESSA! O ANIMAL É SOMENTE UM MEIO DE TRANSPORTE!
E MESMO ASSIM ELE AINDA É MAIS CONFIÁVEL QUE VOCÊ.
E MENOS INTERESSEIRO TAMBÉM. E MENOS CARA DE PAU. POSSO CONTINUAR A LISTA OU TU JÁ ENTENDEU?
EITA!
MAS QUE HUMANAZINHA MAL AGRADECIDA! DEPOIS DE TUDO QUE FIZ PARA MANTÊ-LA EM SEGURANÇA ATÉ O FIM DE NOSSA JORNADA!
BOM, TALVEZ ELA PREFIRA AVENTURAS A SEGURANÇA, ELFO.

E É MELHOR TU NEM GASTAR ESSES ANÉIS QUE TÔ TE PAGANDO PELO CAVALO, PORQUE DESCONFIO QUE ESSA GAROTA VAI VOLTAR. ELA NÃO É MULHER DE FICAR PRESA NUM LUGAR SÓ NÃO, DOMI. TÔ TE AVISANDO.
NÃO APOSTE TANTO NISSO, MINHA QUERIDA, APARENTEMENTE A JOVEM SAVANNA NÃO NASCEU DONA DO PRÓPRIO DESTINO. LOGO, POR QUÊ NÃO REPASSAR O CAVALO PARA OUTREM QUE GOZARÁ DE SUA GRANDE UTILIDADE?
SEI NÃO. A MENINA PARECE DOIDA POR ESSE BICHO, ELA VAI FICAR UMA FERA SE SOUBER QUE ME VENDEU ELE.
O DOMI VENDEU O QUÊ?
EU DISSE VENDEU? MAS QUE COISA! QUIS DIZER *QUASE VENDEU!*
O DOMI QUASE VENDEU O MAX PRA GUARDA. CÊ NÃO SOUBE DO ACORDO DESSES DOIS?
ACORDO? QUE ACORDO?

UÉ, O ELFO SÓ NÃO ENTREGOU O GRANDE MAXIMUS MAGNUS PRA GUARDA PORQUE O MOLEQUE PROMETEU PAGAR PRO DOMI UMA SATISFATÓRIA QUANTIA SEMESTRAL POR SUA LIBERDADE.
CÊ TÁ QUERENDO ME DIZER QUE...
ISSO
AÍ, O MAX VAI TER QUE PAGAR UMA TAXA PRO ELFO FICAR DE BICO FECHADO. PAGAR PRA SEMPRE.
DOMI, SEU PRAGA RUIM! COMO É QUE CÊ FAZ UMA COISA DESSAS? O MAX MAL TEM CONDIÇÕES DE SUSTENTAR ELE E A PAULINA!
EXATO, MINHA CARA PROTETORA DAQUELES DE CONDIÇÕES MISERÁVEIS.
COMO É QUE O PEQUENOTE MANTERIA SEU NÍVEL DEPLORÁVEL DE VIDA ESTANDO ATRÁS DAS GRADES?
MAS NÃO SE FAZ NECESSÁRIO AGRADECER POR MINHA GENEROSIDADE. CONFESSO QUE O FIZ PENSANDO EM UM MÚTUO BENEFÍCIO.
CÊ TÁ OUVINDO O QUE CÊ TÁ FALANDO, CABRA?

TU TÁ EXTORQUINDO O MAX, DOMI!
HOMESSA, QUE SERMÃO DESNECESSÁRIO. DEIXEMOS DE LADO O DIMINUTO RAPAZOLA E SUA PÍFIA EXISTÊNCIA E PARTA-MOS DE UMA VEZ.
TEMOS UMA LONGA VIAGEM ATÉ AGAMERON E APESAR DE CONHECER MÉTODOS PARA DIMINUIR DISTÂNCIAS...
...TENHO PRESSA EM DEIXÁ-LA AOS CUIDADOS DO QUE RESTA DE SUA FAMÍLIA. CREIO QUE SEU IRMÃO FICARÁ DEVERAS SURPRESO...
...AO VÊ-LA TÃO BEM.

GANHEI DE NOVO, CHEFE.
GANHOU COISA NINHUMA!
NUM É PUSSÍVEL QUI CÊ GANHA TODA HORA! TEIM BOLOR NESSI QUÊJO, ABADON. TU TÁ ROBANU, PESTI!
HEHEHEH! ROEDOR DE POUCA FÉ. POIS EU QUERO QUE UM ELFO BROTE DO CHÃO SE EU ESTIVER TE ROUBANDO!
ORA, SE NÃO É PERILO, O POUCO LETRADO. NÃO SENTI FALTA DE SEU PECULIAR ODOR, MEU CARO.
ABADON, TU É UM LADRAUM SAFADU.
CONTINUA...

GLOSSÁRIO

Agameron – Um dos Quatro Reinos fundados no início das Eras, também conhecido como o Reino Leste. Após diversas batalhas entre os Guardiões Arawn e Belenus o Guardião das Sombras tomou para si o título de Protetor do Reino Leste, sendo assim venerado pelos habitantes de Agameron.

Amarelos - Como os humanos vulgarmente se referem aos elfos da Tribo dos Luzes Douradas.

Anéis – Moeda usada em Psykhé. Como o nome diz, tem o formato de um anel achatado e podem ser de ouro, prata ou bronze.

Arawn – Filho de Dagda, irmão gêmeo de Belenus. Arawn possui pleno controle do Dom das Sombras e da Noite. Depois da suposta ausência de seu pai, Dagda, travou diversas disputas com Belenus e tomou para si os Reinos de Agameron e Osahar (Reino Leste e Reino Norte). É venerado também pelos Espíritos de Névoas ou Tribo Azul (Azuis).

Assembléia Real – Sistema através do qual os reis de Agameron e Kingo consultam a opinião do povo. A Assembleia é composta por membros de alto prestigio social como sábios, comerciantes e militares de alta patente.

Azuis – Como os humanos vulgarmente se referem aos elfos da Tribo dos Espíritos de Névoas.

Belenus – Filho de Dagda, irmão gêmeo de Arawn. Belenus possui pleno controle do Dom da Luz e do Dia. Depois da suposta ausência de seu pai, Dagda, travou diversas disputas com Arawn e tomou para si os Reinos de Kingo e Ravi (Reino Sul e Reino Oeste). É venerado também pelos Luzes Douradas, ou Tribo Amarela (Amarelos).

Cidadela Regencial – Região onde se localiza o palácio real de Kingo, morada do rei, de seus familiares, e onde se encontra a sede da Assembléia Real do Reino Sul. É também sede da Guarda Palaciana, um grupo de soldados responsáveis por cuidar da segurança do rei de Kingo.

Dagda – Guardião Supremo, O Primeiro Guardião. Pai dos gêmeos Belenus e Arawn, herdou do Criador a função e o título de Protetor do Continente. Possui pleno controle de todos os Dons Naturais (Terra, Fogo, Àgua, Ar). Muitas lendas contam que Dagda está ausente de Psykhé, pois teria partido para a Grande Guerra, o que explicaria o desequilíbrio e os conflitos constantes em que Psykhé está mergulhado.

Deserto das Areias Rubras – Deserto que cobre parte da região norte do Continente. O seu nome se dá graças à coloração laranja intenso, quase vermelha, das areias.

Rezam antigas lendas que, no início das Eras, o Deserto era uma vasta planície verde. Porém, quando Boann, a forma humana ancestral de uma das luas de Psykhé, fora acorrentada à terra e seu corpo dilacerado por uma violenta enchente que varreu toda a planície, toda a vegetação antes presente fora destruída e o sangue de Boann tingira o solo, tornando a região um vasto e árido deserto.

Clã Mishra – Antigo clã de nobres do reino de Ravi. Uma das antigas rainhas do Reino Oeste pertencia a esse clã.

Floresta Morada da Escuridão – Antigamente conhecida como Floresta Morada da Luz, era em seu coração que residiam os elfos da Tribo Amarela (Luzes Douradas). Após a quase extinção dos mesmos por parte de inimigos, os Luzes Douradas amaldiçoaram as matas ao redor de sua morada, tornando-as sombrias, traiçoeiras e mortais.

A floresta então passou a ser conhecida como Morada da Escuridão, de onde nunca se ouviu falar de alguém que entrou e saiu com vida.

Galatéia – Capital de Agameron, onde se encontra o Palácio Real e onde a Assembleia se reúne na presença do rei.

Grande Lua – Eclipse onde Boann (a lua maior) cobre por completo Nechtan (a lua menor). Durante esse evento acredita-se que os portais dos submundos ficam abertos e que Arawn varre o mundo caçando com sua matilha aqueles que fugiram de seu domínio, assim como aqueles que cruzaram os portais extra planares e invadiram Psykhé com propósitos nefastos.

Guardiões – Criaturas mais poderosas das quais se tem registro em todo o Continente. Veneradas nos Quatro Reinos e por outros habitantes de Psykhé, como anões, elfos e antros.

Kingo - Um dos Quatro Reinos fundados no início das Eras, também conhecido como o Reino Sul. Após diversas batalhas entre os Guardiões Arawn e Belenus, o Guardião da Luz tomou para si o título de Protetor do Reino Sul, sendo assim venerado pelos habitantes de Kingo.

Nansei – Capital de King (Reino Sul).

Ravi - Um dos Quatro Reinos fundados no início das Eras, também conhecido como o Reino Oeste. Após diversas batalhas entre os Guardiões Arawn e Belenus, o Guardião da Luz tomou para si o título de Protetor do Reino Oeste, sendo assim venerado pelos habitantes de Ravi.
Ravi foi o primeiro dos Quatro Reinos irmãos a ruir.

Os regentes de Ravi sempre carregaram uma natureza pacífica, evitando ao máximo reforçar seus exércitos ou formar aliança militar com outros povos. Graças ao seu espírito passivo, o Reino Oeste sofreu por séculos com a investida bélica de uma antiga aliança militar formada pelos reinos de Agameron e Osahar, tendo seu declínio final em anos recentes. Nos dias atuais, Ravi é um reino abandonado, com poucos habitantes ainda residindo em suas terras. A família real do Reino Oeste ganhou abrigo em Kingo, como refugiados políticos.

Reino Norte – Segunda nomenclatura dada ao Reino de Osahar.

Reino Sul – Segunda nomenclatura dada ao Reino de Kingo.

Reino Leste – Segunda nomenclatura dada ao Reino de Agameron.

Reino Oeste – Segunda nomenclatura dada ao Reino de Ravi.

Tríade Sagrada – Referência a tríade formada pelos Três Guardiões do Continente: Dagda, Belenus e Arawn.

Territórios Livres – Terras independentes dos Quatro Reinos com sistema de governo e militar próprio. Governado por um Conselho formado por cidadãos indicados pelo povo durante uma Assembléia Urbana no centro comercial dos Territórios: o Vale dos Mercadores. Mesmo que não estejam sob o domínio de reis, quando necessário podem seguir ordens de qualquer um deles, ainda que não tomem partido em suas disputas políticas.

Vale de Gia – Faixa de terra que divide Agameron de Kingo. O Vale de Gia abriga um vilarejo com centenas de famílias, além de suas terras serem produtoras natural do precioso metal usado na forja das lendárias espadas de Kingo, as lâminas mais mortais produzidas por humanos.

Durante séculos, o Vale foi disputado entre Agameron e Kingo por sua infeliz posição fronteiriça entre os dois reinos. Foi durante o reinado de Lander que o regente do Reino Leste assinou um armistício no qual cessaria por tempo indeterminado quaisquer avanços territoriais contra Gia. O motivo de Lander se deixar convencer a não mais levantar armas contra o Vale permanece um mistério.

Vale dos Mercadores – Capital comercial dos Territórios Livres e onde está estabelecida a sede de seu Conselho e da Guarda Militar.

Vermelhos – Como os humanos vulgarmente se referem aos elfos Olhos Selvagens (Tribo Vermelha).

Psykhé – Continente que possui em sua extensão terras livres habitadas por humanos, antros e demais criaturas, assim como Quatro reinos fundações. Lendas dão conta de que o Continente foi criado por um ser ancestral desconhecido, nomeado apenas pelo titulo genérico de O Criador. Logo após a criação de Psykhé o Continente foi deixado aos cuidados do Guardião Dagda, responsável por dividir, designar quatro reinos fundações e zelar pelo Equilíbrio entre os seus habitantes.

A primeira era durante a qual Dagda cuidava do mundo é conhecida como a Era De Ouro, quando o Continente vivia em perfeita harmonia e se desenvolvia sob a tutela do Guardião Supremo. Mas após a ausência de Dagda, a civilização entrou em declínio por disputas entre reinos e por seus territórios, iniciando assim a chamada Era do Povo.

SEM BALA NA AGULHA

OU COMO FUNCIONA A PISTOLA DA SAVANNA

ESBOÇOS SAVANNA
ARTE DE ANNA GIOVANNINI

Existem Armas de Fogo em Psykhé?

Não.

No Continente de Psykhé não há qualquer arma de fogo, pois elas ainda não foram inventadas.

Logo, também não se conhece nada a respeito de pólvora. Embora existam rumores de que haja montanhas e cavernas recheadas de minérios que possuem propriedades mágicas no Deserto das Areias Rubras, ainda não existem relatos de que qualquer Manipulador se interessou em pesquisar tais montanhas ou cavernas.

Então, se não existem armas de fogo em Psykhé, onde a Savanna conseguiu sua pistola? Como explicado no capítulo 2 da Série (A Luz, a Sombra e o Estigma), a pistola pertencia à mãe de Savanna, Titânia, que não nasceu no Continente. Ou seja, ela levou a pistola consigo do mundo de onde nasceu.

A pistola foi fabricada e levada de um outro mundo até Psykhé e, antes de morrer, Titânia deu a arma para a filha, Savanna.

Mas Se Não Existe Pólvora, como a Arma Funciona?

Tal fato também é explicado dentro da Série, dessa vez no Capítulo 5 (O Reino Sul, a Floresta Morada da Escuridão e o Ladrão), quando Savanna abate um animal para se alimentar e Domenik pergunta sobre sua munição. Savanna atira, e Domenik nota que não há nenhuma bala alojada no corpo do animal. A pistoleira então explica para o elfo que ela consegue atirar graças ao seu 'dom'.

Esse dom nada mais é do que o estigma carregado por Savanna desde o seu nascimento. Por Savanna ser uma filha bastarda do rei de Agameron, ela carrega a marca de que seu pai rompeu o Pacto Sagrado do Filho Único, um pacto firmado entre os Guardiões para que nenhum rei tivesse mais de um filho herdeiro ao trono.

Tal estigma pode se manifestar de várias formas no corpo do bastardo. No caso de Savanna, é como uma fonte de energia explosiva que ela ainda não consegue entender e tampouco controlar muito bem, o que resultou num grave acidente quando a Pistoleira era apenas uma criança, forçando sua mãe a mantê-la escondida para evitar novas vítimas de seu estigma/poder.

Toda essa explicação é apenas um modo de dizer que a pistola de Savanna funciona com pequenas Rajadas de Energia Solidificada.

A pistola é como um catalisador do poder de Savanna, um ponto onde ela consegue concentrar e disparar essa energia de modo certeiro, sem atingir nada mais que o alvo em questão.

Quando essa energia passa pela pistola, ela se concentra a ponto de se solidificar e se tornar um pequeno projétil, como uma bala, composta da energia explosiva de Savanna ao invés de metal.

Sem a pistola, Savanna não consegue medir o quanto desprende de energia e pode não intencionalmente causar danos a outros em volta, incluindo a si mesma. Além disso, Savanna não pode disparar uma grande quantidade dessa energia seguidamente por dia, pois isso exige muito de seu corpo – levando-a à exaustão e, numa carga alta demais em dezenas de disparos, sua morte.

A pistoleira nunca deferiu mais que alguns disparos em toda a sua vida, já que nunca esteve numa batalha onde precisasse usar sua pistola continuamente por horas. No entanto, caso isso ocorresse em algim momento, os danos físicos ao seu corpo seriam bastante sérios.

O Som do Disparo

Mesmo sem o uso de pólvora ou projétil de metal, a arma de Savanna ainda solta um identificável som de disparo quando usada.

O motivo é o deslocamento de ar dentro do cano da pistola, causado pela saída do projétil formado por energia solidificada, assim como aconteceria com uma pistola comum de pólvora, utilizando uma bala de metal.

O Ferimento causado pelas Rajadas de Energia Solidificada

Apesar de toda essa explicação, para o alvo de Savanna não há diferença se seu ferimento é causado por uma bala disparada através do uso de pólvora ou por energia solidificada. A vítima atingida tem o corpo traspassado pelo projétil, adquirindo uma ferida arredondada que a fará sangrar até a morte se não for socorrida rapidamente. Ou, num caso ainda pior, se for atingida em pontos vitais, sofrerá uma morte instantânea.

Talvez a única vantagem é que, diferente do que acontece com uma bala, a energia solidificada de Savanna desaparece logo que entra em contato com o alvo, não sendo necessária a retirada do projétil de seu corpo. Porém, é claro que isso não ameniza os danos causados pelo disparo.

Então, para evitar um ferimento que possa causar a morte, é melhor o sujeito se manter longe do caminho de Savanna, tendo ela uma pistola mecânica ou mágica.